걱정발 구르다 생각코만 하염없이 늘입니다

시작시인선 0400 걱정밭 구르다 생각코만 하염없이 늘입니다

1판 1쇄 펴낸날 2021년 11월 22일
지은이 김환중
펴낸이 이재무
책임편집 박은정
편집디자인 민성돈, 장덕진
펴낸곳 (주)천년의시작
등록번호 제301-2012-033호
등록일자 2006년 1월 10일
주소 (03132) 서울시 종로구 삼일대로32길 36 운현신화타워 502호
전화 02-723-8668
팩스 02-723-8630
홈페이지 www.poempoem.com
이메일 poemsijak@hanmail.net

ⓒ김환중, 2021, printed in Seoul, Korea

ISBN 978-89-6021-599-3 04810
      978-89-6021-069-1 04810(세트)

값 10,000원

걱정밭 구르다 생각코만 하염없이 늘입니다

김환중

천년의시작

말들이
굽잡힌 어눌한 말들이
마구간 너머를 기웃거리다
도망 기차를 탑니다

걱정발 구르다
생각코만 하염없이 늪입니다

말들이 돌아올 수 없는 강을 건넌다 해도
어찌할 수 없으므로
그들의 목을 또다시 붙들어 매지 않겠습니다

차 례

시인의 말

제1부

제1부

목화

새들의 수다를 베낀
바람이 풀어놓은 전설을 들었습니다
당신 살점을 주린 벌 나비에게
아낌없이 내어 주고 홀연히 떠난
그 울음터에 꽃이 피었다고 했습니다

숨탄것들 내려놓고
피눈물 묻은 땅에 이따금 비가
글썽거리며 말 걸곤 했습니다
밤마실 나오는 달빛 아래 숨죽여 흐느꼈습니다
빛의 손가락이 눈꺼풀 치켜뜨고 촘촘히 짠
목화의 질긴 숨통이 톡톡 터지곤 했습니다

기어이 별꽃을 피운 당신
꽃술에 묻어온 그 살점이 밤마다 서걱입니다

저녁의 알리바이

파도 소리 채록하기 위해 나선 햇발이 바다에 엎드려 업무 일지를 쓰네요 어제를 시침질한 저녁은 뒷걸음치며 붉은 근심을 풀어놓고요 또록또록 반짝이는 음표를 문 물새들 울음 꼭지를 공중에 걸어 놓는군요

어둠이 거드름 피우며 겁에 질린 해를 몰아내고요 멜랑콜리 피 물려받은 물고기들이 떼 지어 몰려왔군요 늑골에 낀 허물 뽑아내듯 무연고자 꼬리표를 초저녁 별들에게 건네주네요

달빛 무도회를 준비하던 파도가 제 발에 걸려 넘어진 파도들을 목청껏 불러 세우고요 진땀 흘리며 리허설 무대에 오르는 파도, 돌연 고해성사하듯 자신의 주름진 속살까지 헤집어 숨은 곡절 낱낱이 풀어놓는군요

불씨

흐린 마음 다 담아낼 수 없어 파 내려간 움집에 걸핏하면 찾아와 문 두드리던 바람이 핏대 세운다 위로하는 척 울명울명 거들던 비 호통치는 천둥 번개 가슴속까지 파고드는 미세먼지 등속이 어런더런 다녀간 저녁나절이었다 날이면 날마다 뒤꿈치 물고 있던 어둠에 윽박질린 그녀는 결국 불구덩이에 뛰어들었다 아락바락 맞불을 놓으려다 그만 저를 놓쳐 버렸다 잿더미 속 불씨눈이 그윽하다

먼지가 주인이 돼 버린 움집 구석에는 석고상 같은 그녀가 산다 도무지 마를 줄 모르는 슬픔이 슬픔에게 던져 주는 먹이로 근근이 연명하는 그녀가 산다 햇볕을 등지고 웃자란 가지들 가시처럼 삼켜 가며 오래도록 젖은 가슴에 불쏘시개 묻어 두고 산다 무언가에 잔뜩 굽잡힌 그녀는 어둠이 눈 붙인 벽에 붙어서 눈꼬리 좋다 느적느적 타다 남은 뼛조각을 뒤적인다

빛

겉돌다가 헛돌다가
한마디 말도 없이 다가옵니다

이리 차이고 저리 차이다가
마음이 부러진 돌부리 어루만지던 빛은
돌부리 울음을 틀어막습니다

일그러지고 메마른 마음을 미처 갈아입지 못해
산 입에 거미줄이 쳐진
구멍들에게 다가갑니다

넘쳐 나 모자라는 세상
걱정발 구르다 덜컥,
마지막 집인 듯한
그 지붕마저 뚫렸습니다

군말 없이 끌어안으며
걱정발의 족쇄를 기필코 풀겠다고
빛의 허리가 휘어집니다

>

슬픔 속에서 익어 가는

그의 얼굴이 눈부십니다

피노키오 손가락

눈 내리다 멎은 저녁

눈시울 붉어진 달의 걸음나비가 빨라집니다

세상 막막한 우두커니 가로등에게

눈물샘 마른 흙에게

쓰디쓴 잡초에게

비둘기가 싸 놓은 평화의 똥에게

아름답게 결박된 철조망에게

울대를 세우고 달려드는 바람에게

언 손에 흘러내리는 촛불에게

어둠을 끌어다 덮고 있는 바다에게

추위에 떨다 굳어 버린 파도의 혀에게

\>

피노키오 손가락이 빨라집니다

고고하게 살다 요절한 동백꽃에게

반란이 없는 심장의 습관에게

굽을 대로 굽은 복종의 허리에게

깨진 거울 들여다보는 마법의 꽃에게

아바타 놀이에 빠진 사이버 낚시꾼에게

오늘의 목을 끌어안은 모든 어제에게

저마다의 언어로 번역되는

거짓말을 위하여

피노키오 손가락이 사다리를 만듭니다

피아노

새도 꽃을 심고 바람도 나무를 심는다
묵묵히 살다 죽은 가문비나무는
순명 받들어 다시금
비밀의 요새에서
두근거리는 심장 비끄러매고
피아니스트 두 손과 페달에
운명의 열쇠 맡긴다

고전주의자들이 바람에 쌓인 눈 더미를
발로 꾹꾹 누른 뒤에
잉크 묻은 고드름으로 서정시 새겨 넣듯*
헐거워지고 뒤틀린 심사 가지런히 다스리듯

바람도 숨죽인 무대에
쇼팽 모차르트 베토벤의 혼을 불러 앉히고
건반 위의 철학자들도 모신다
휘파람새 흰머리독수리 가시나무새 날개에 묻어 온
무의식의 합창을 진설한다

잠자고 있는 수많은 조직 그

악보들을 모시고 사는 피아노는
침묵을 배경으로 거느린다

＊ 비스와바 심보르스카의 시 「외국어 낱말」에서.

발레족

지휘자 흉내 내는 바람새가 무대에 섰다
두루마리구름 같은 붉은 화염이 번지고
목젖에 달라붙은 비명조차 거두는
소리의 프리즘에 몸을 맡긴다

그릇장 속 접시들의 침묵을 깨는

발가락으로 허공에 주름못 박으려는

자지러지는 비명 리본 슈즈에 가두는

사슬 끊어 내고 뛰어오르는

꿈을 들어 올리며 살과 날개 다스리는

허수아비 같은 명사를 수수께끼 동사로 바꾸는

죽어 가는 신화 대신 그들은
지느러미처럼 발랄한 날개로 날고 있다

물의 귀엣말

햇살 모자를 쓴 물의 뺨이 반짝입니다 심심한 물이 혼자 묻고 혼자 대답합니다 수초들이 귀 세우고 고개 끄덕이자 슬그머니 엿듣고 있던 바람이 낚아챈 말 입에 물고는 잽싸게 달아납니다 저녁 어스름엔 일렁이는 속살 문질러 닦습니다

스스로에게 내린 벼슬 거둬들인 밤마다 고비고비 넘나든 가슴을 가만가만 쓸어내립니다

때때로 달뜬 마음 재우던 물이 머뭇거리는 내게 속삭입니다 밑바닥을 기어 보라 바닥으로 흘러가라 이르며 오목 가슴을 적십니다

태엽

누가 나 몰래 등 뒤에 태엽을 감아 놓았나

쉼표에 걸려도 넘어지지 않기 위하여
뼛속까지 돌고 도는 법을 익혔다
눈을 감거나 웃거나 울거나 걷거나 춤추거나
뒷걸음치며 옥죈 멍에를 짊어졌다

당장 죽을 것처럼 공포가 밀려오면
스스로 손을 뻗어 감기도 하는 목숨줄

잉크 날아간 백지 위에
기억할 수 없는 활자들 불러 앉히고
도둑맞은 시간 쟁인다

언제 달아나 버릴지 알 수 없는 오늘
맞출 수 없는 삶의 퍼즐이
톱니바퀴에 걸린 채
덧없이 굴러간다

기찻길

　기차가 더 이상 달리지 않는 철길, 어디론가 늘 떠나고 싶던 아이가 소꿉 손으로 꾹꾹 묻어 둔 꿈들이 들꽃 무더기로 피어난 걸까 기적 소리 대신 예닐곱 살 아이들 웃음소리가 까르르 까르르르 철길을 내달린다 딱부리눈 뜨고 짠소리로 우리들 쫓던 역무원 아저씨 대신 늙어 가는 느티나무가 허수아비처럼 서서 녹슨 철길을 지킨다

　웃자란 옥수수들이 까치발을 디디고 능소화는 제 귀를 철조망에 그늘하게 걸어 놓았다

　침목은 허옇게 늙어 가는데도 여전히 철길에선 길을 잃을 염려가 없다 구부러진 길을 휘돌아 걷고 또 걷다 보면 오래전에 잃어버린 내가 있을 것 같다

반달이

　외할머니 따라 소달구지 타고 시집와 백 살을 훌쩍 넘긴
반달이가 검버섯 피우며 늙어 간다 쇠 나비 날갯짓 멈춘 지
오래다 아파트에서 구석으로 밀리다 끝내 툇마루로 쫓겨난
신세 발치에 제 살 토해 놓았다

　삐거덕 쇠 나비 날개 펴는 반달이 속에는 어머니 수예품
들이 가득하다 수놓은 열두 쪽 병풍에 피어 있던 동백꽃 나
무가 여태 시들지 않았다 산호색 부리 날개 온전한 파랑새
한 마리도 날아오를 듯하다 긴 세월이 감긴 모시 조각보가
곱다 놋그릇 밥 품고 아랫목 지키던 누비 덮개 하르르한 보
자기도 색동 조각 누빈 바늘집 튼살 골무도 쇠 나비 날갯죽
지 안에 하릴없이 갇혀 있다

　납작한 복주머닐 훈장처럼 달고 기필코 살아남은 반달이
가 자물쇠 채워진 입을 열었다 아버지 손글씨 살아 있는 해
부학 미생물 책 몇 권에 고비늙은 사진첩이며 표창장들이
가로누웠다 반달이 바닥에 유배된 닥종이 꾸러미는 고조부
께서 집필하신 해독할 수 없는 문집이다 먹물로 새긴 솔로
몬의 율법서 같은 것이리라 대대손손 이 깊은 우물에 거울
처럼 자신을 비추어 보고 마르지 않는 샘물 길어 올릴 이 글

도끼가 나 같은 무지렁이 손에서 그저 낡은 유물로 녹슬어
간다 글도끼 집어 들고 어지러운 마음 찍어 내고 싶었으나
까막눈만 끔벅이다 제자리에 고이 모셔 두었다

밥 짓는 소리

소리들이 밥을 안친다

보삭보삭 보글보글 사르륵사르륵 잘강잘강 조록조록 두 순두순 들들들들 똑또그르르 포르릉포르릉 꾸르렁꾸르렁 아르렁아르렁 왈강달강 웽그렁뎅그렁 와당탕퉁탕 와릉와 릉 쿵덕쿵덕 닐리리쿵더쿵 지은 밥 모록모록 퍼 올린다

무심한 장난감 병정들 보이지 않는 소리를 움켜쥔 공연장 에 긴장이 흐른다 만져지지 않는 소리 허공을 떠도는 소리 누군가 목숨처럼 붙들었다 놓쳐 버린 줄기 거머쥐려는 소리 꾼들 몽환적인 물감 풀어 놓은 강물에 발 담근 채 방정식을 풀고 있다 그러모은 소리로 채색옷 입은 조명발 들러리 발 가락으로 소릿발 치켜세우고

골짜기 굴참나무에게 밥그릇 움켜쥐고 눈치 싸움하다 슬 금슬금 허리 휜 소나무 부메랑처럼 울음을 던지는 시냇물 채워지지 않는 허기 때문일까 강물의 혀가 지느러미처럼 욜 랑욜랑 술꾼에게 주안상 차리는 술비 쏟아지던 날 언덕 너 머 하냥 떠돌던 소리꾼 마약중독 환자처럼 현실과 환상의 허들을 넘나든다

>

타들어 가는 사물의 입이 동그라미 그리며 침을 삼킨다
구름쌀 꾸어다 밥 짓던 눈송이들 침묵 연주회를 연다 허기
진 세상 뱃구레 채우는 소리들 적요를 깔고 누워 있다 무릎
걸음으로 하늘 오르는 계단 밟고 있다

소풍 가는 날

마지막 인사도 없이 삼십 년 지기 친구가
홀연히 먼 길을 떠나고 말았습니다
봉분 없는 무덤 속 걸어 다닌 나의 발이 며칠째
마른 뼈 골짜기에 갇혔습니다
헤아릴 수 없는 경우의 수 거느리며
사슬 없는 바람의 시간이
냄새조차 안 남기는 햇살의 시간이
수많은 분진들 품은 돌의 시간이
파업 모르는 물의 시간이 흐릅니다
그 흐름 속에 마지막 얼굴이 없듯이
이 세상에 흐르는 음악처럼 숨탄것들은
저마다의 리듬으로 흘러갑니다
죽음은 마치 물에 잉크를 떨어뜨리는 것,
담담하기 이를 데 없는 영화 속 대사가 떠오릅니다
잉크 번진 물이
마르지 않는 역사를 써 내려갈까요
소멸이라고 못질해 버린
관 속에 스스로 갇히지 않는다면 우린
닻을 멀리 던져 두고
지도 없이 나침반도 없이 항해를 떠날 수 있을 겁니다

아름다운 방울 흔들며 가을날 방울벌레가
스스로 결혼식 준비하듯
불가항력으로 흐르는
시간의 선반에 나를 얹어 두고
고요의 그늘에 든 어느 날
깃털 장식한 펜에 잉크 묻혀 눌러쓴
노예 계약서 폐기하고
부채 증명도 할 것입니다
감당할 수 없는 고통의 인격이
나의 얼굴 덮어 쓰기 전에
폐허가 돼 버린 몸이
깊은 잠 속에 빠져들기 전에
구경꾼처럼 곁눈질하던 눈 치켜뜨고
헛것 붙들고 목을 옥죄던 손으로
솜털처럼 가벼운 행장 꾸려
소풍을 떠날 것입니다
몽당연필이 된 혀
갑옷을 벗어 던진 냄새들
속절없이 자라나
해진 가죽 자루 뚫고 나온 수치심 그리고

나를 뿌리치고 줄행랑 놓은 시간의 발

염습하는 동안

식어 가는 몸에 레퀴엠이 스며들고

그 순간 누군가는

한 줌 희망을 길어 올릴 수도 있으므로

제2부

바다 오르간

걸근걸근 욕망을 갈마쥐고
바다는 이레착저레착
꿈의 파편에 뿌리박고 살아갑니다

보이는 것과 보이지 않는 것들 사이에서
눈물로 그물을 짜는 바다가 그렁그렁
썩지 않는 온갖 소리를 음모를 냄새를 기릅니다

벌거벗은 구름의 잠꼬대 구름이
갈겨쓴 이력서 먹구름의 음모 새들의
군무 바람의 호각 소리 나무들의 피 냄새가 번집니다

달의 호소문이 걸린 지평선 너머까지
왜장치는 빗줄기의 구령 소리 모래알의
아우성 번갯불 볶아치는 소리
그러모아 숨 가쁘게 몰아칩니다

耳石

소리 곳간에 재워 놓은 소리들이

시간을 물고 자라다

소리 없이 둥지를 떠나고

끝내 날지 못한 소리들

나의 비밀스러운 전기를 깔고 앉았다

어디선가 떠밀려 온 수리들이 수다가

머릿속 군살처럼 켜켜이 쌓여 간다 자꾸만

꼬리 흔들며 달아나려는 소리 주저앉혀

단단하게 키워 낸 돌멩이들

나의 배후 세력이었던 그들이

>

난데없이 난동을 부린다

나를 주저앉히고는

한사코 달아나 버린다

삶의 형틀에 붙박인 나를

곁에서 수군대던 바람이

뽑아 주마 뽑아 주마 무딘 감각을 깨운다

시간의 얼굴

작은 벌새가 꿀벌보다 더 빨리 날갯짓을 한다
75분의 1초 그 순간, 빛을 놓쳐 버린 카멜레온이
꼬리 부르르 떨고 있을 때
소금기 어린 바다의 목소리가
팀파니 울림통에서 튀어나온다

햇살 아래 졸고 있는 고양이는
시간의 톱니바퀴 없이도
늘어진 뱃살로 빛을 주워 담는다

먼지들의 살점을 모람모람 토해 내는 헛간
폐지 더미처럼 망연하게 부려 놓은
시린 맨발에서도 발톱은 자란다

이울었던 꽃들은 이식받은 심장으로
초록의 피 수혈받은 나뭇잎을
그러안고 솔금솔금 말문 튼다

매미가 뜨거운 숨통으로 수의를 지어 올리면
눈물주머니 움켜쥔 나뭇잎들이 옷을 갈아입는다

\>

제 살 짓이겨 뼈로 세우고

혈관으로 서까래 지르고

햇살 끌어들인 지붕을 뒤덮고서야

곧이곧대로 풀어놓는 곡조가 장엄하게 흐른다

침묵

그것은 먹잇감 향해 던지는 그물이며 스스로에게 던지
는 오브제다

그의 귀는 들리지 않는 소리를 저장하는 곳간이자 겉볼
안 품은 요새다

보이지 않는 색깔 입힌 오케스트라 삐걱거리는 경첩 잠
재우는 자장가다 그의 발이 벗어 놓은 동사들 그의 입이 점
령한 감탄사들 그가 고백하지 않은 형용사들

시의 눈썹으로 바람이 엎드려 읽는 풍경이다

물음표

가슴에 고여 고무줄처럼

늘어나는 주름이

바람의 맨발에 밟혀 뒤집어진 소리

회전문처럼 하나의 몸짓으로 말하는 기표

먹잇감 기다리며 거미줄 치는 소리

동굴 속에서 도망갈 구멍 파는 말꼬리

도리반거리며 바람에 몰려다니는 혀

서슬 시퍼런 혀가

예의 바르게 한 방 날리는 화살

시간의 물비늘 그리며 쥐고 있는 붓

못 박힌 시간

페달을 빨리 밟아 더 빨리
내달리고 싶었던 순간들이 있었다
발보다 먼저 탄성을 내지르다
벽에도 귀가 있다 믿었던 시간들이
눈설레 치는 허공에 걸렸다

소꿉놀이로 묻었던 타임캡슐도 증발해 버리고
그림자를 쫓느라 헛발질하던 시간들
말문 닫아 버린 시간들이
쉼표로 찍혔다

몸엣말

때때로 나는 몸을 까맣게 잊은 채
온종일 침대에 누워
다리가 있다는 것조차도 잊어버리고
먹지도 자지도 않는
생각코만 늘이곤 한다

머리채 풀어헤치고
햇살 발꿈치 물고 늘어진 발코니 식물들이
목으로 간드러지게 웃고 있다

몸이 건네 왔던 수많은 말들 놓치고
버성기는 몸속 뼈를 실트락실트락 추려 내다
불현듯 몸 훑고 지나가는 전파에 떨고 있다
앓는 소리가 새어 나온다

프로이트 의자에 앉아 있던 속사람이
무릎걸음으로 걸어 나간다

옥탑방

구름이 가면 놀이하는 난간에

태양이 입술을 놓고 갔다

쑤셔 박혀 있던 구름들이

심벌즈 연주자로 나타나고

나사 풀린 듯 구름들은

감춰 놓은 웃음 흘리다 와락

울음보 터트린다

깨진 장독에 눈물이 고이고

새들은 스티로폼 흙에 핀

파꽃을 쪼아 먹는다

>

구름과 이마 맞대고

붉은 눈시울 젖은 사람들

별을 찍어 먹는다

수화

말들이 버둥대다

이슬로 맺혀 있다

와랑와랑 타들어 간 말들이

재가 돼 버린 가슴속에서

먹물 쏟아 낸다

풀뿌리 닮은 말들이

가슴 길 지나 가만가만 뻗어 갔으나

말귀 막힌 말들이 속이 터져

팝콘처럼 몸 밖으로 튀어나왔다

눈웃음치는 실바람이 꽃잎에게

>

문자메시지 보내듯

왕진 나온 바람이 처방전 써 내려가듯

말들이 날개를 달았다

지극한 마음으로 날개 고치려는 듯

고요를 모시기도 했다

그물을 깁다

클라리넷더블베이스심벌즈슬레이벨트라이앵글팀파니
호른이 뒤엉켜 내는 소리는 시간의 압박붕대를 두르는 것
이었다 거미줄에 걸려 반쯤 먹혀 버린 몸, 예라고 말하면서
아니오를 끌어안고 시간의 그물 속에 감기는 것이었다 극
약 같은 악기 소리는 분침 휘감고 초침이 제 몸 가늘게 떠
는 기척까지 한꺼번에 꿀꺽 삼키는 것이었다 전족 당한 생
각의 발들이 머릿속에 말벌 떼처럼 윙윙거리며 공중에 둥
둥 떠다니는 것이었다 습관성 약물 같은 그 소리 오롯이 섬
기던 그녀가 소리의 표적이 된 것이었다 문패를 지운 컴컴
한 구석에 쪼그려 앉은 그녀는 모래시계 뒤집어 놓고 흐릿
하게 새어 나가는 피 바라본다 워더그르르 악기 소리에 구
멍 난 그물코를 깁는다

유리 심장

마음을 점자처럼 읽어 주는 앱
의사 결정에 끼친 앙금까지도 알아차리는 앱
알고리즘 값으로 음악 식탁도 차려진다죠
비즈니스 전자우편에서는 모호한 표현을
정중하고 명확한 어투로 바꾼다지요
숨은 감정 읽어 내는 또 다른 얼굴이
그대의 영원한 숙제 대신해 주면
신경 곤두세울 일 없어질까요
행간에 숨은 뜻 찾는 수고도 덜 수 있을까요
증발해 버린 기억의 창 열 수 있을까요
그대 눈썹에 걸린 시간의 덫조차도
안개의 뼈 발라내듯 그대 몰아세운 파도와
이미 삼켜 버린 비겁함까지도 뱉어 낼까요
간을 맞추려는 노고도 덜 수 있을까요
죄의 싹들이 더는 자라지 않을까요
속주머니에 감정 통장을 쟁여 두고
흘리고 다닌 빛깔과 소리들
시스루 입은 채 떠도는
스마트한 세상의 포로가 되어
유리 심장으로 살아가야 할까요

시인의 팔레트

상처를 핥던 입을
닫아걸었다

썩어 문드러진 살 녹아내리고
뼛속 피고름 비치는
거울 앞에서 그가
얼룩을 문질러 닦는다

난독증 앓던 그는
책 무덤 파헤치던 손으로
암막 커튼을 걷고
햇살을 끌어들인다

철없이 푸른 나뭇잎에게
수다 떠는 새의 눈빛이
도무지 읽히지 않는다

무덤덤하게 등진 담벼락
막다른 골목을 질주하는

박력 넘치는 바람이
순간 휘청거린다

자폐증 앓는 돌멩이 품고
고인 슬픔 떨구려는 시냇물이
처연하다

먹먹해진 저녁
노을 등에 올라탄 구름과 바다가
분리 불안 앓고 있다

관성에 젖은 지루한 시간을
그가 팔레트에 쥐어짠다

뜨거운 피 나누려는 볕살 아래
구름이 눈물 풀어 그린
자화상을 걸어 놓는다
흉내 내려는 시인의 심장이 두근거린다

>

불안은 긴 꼬리 말고

벼름벼름 구름 열차를 탄다

별을 굽다

사막에서 맨살을 굽는다

긴 숨바꼭질 끝에 쥔 별을

저마다 제 살 속 깊이 심어 놓고도

만져지지 않는다더니

맨살 굽는 냄새 맡고

모래 무덤에서 별들이 태어난다

제3부

구름의 크레바스

아주 긴 목을 가진 사람들이
맨발로 걸어갑니다

사람들이 흘려 놓은 구름 냄새 쫓다
눈멀어 버린 귀신들이
소란한 꼬리 흔들며 날아갑니다

빗나간 생각이 거품을 물고 들끓더니
열독이 발끝까지 번집니다

제 얼굴 지우고 싶어
구름 가면 쓴 사람들이 웅성거립니다

식어 가던 심장이 살얼음판 위에서
긴급 타전 보내며
극지를 향해 내달립니다

눈처럼 사라져 버린 목숨들이
절벽 아래 눈물 꽃으로 피었습니다

굴비

좁아 터진 감옥으로
줄줄이 엮여 들어왔다
포승줄 꽁꽁 동여맨 굴비들
어쩌다 잡혀 왔을까
혀 깨물고 혼절한 채로
수형을 살고 있다
입 무거운 자물통이 채워져 있다

바다를 읽던 푸른 눈 잃고
말라비틀어진 몸뚱이
얼빠진 눈 치켜뜬 굴비늘
바다에 띄운 탄원서 같다

질문 3

흙에게 궁창을
그림자에게 이마를
피카소에게 베토벤을
구글에게 영혼을
구멍에게 집을 묻는다

비밀의 방

서랍처럼 갇힌 방은 언제나 밤이다
오래 쓰지 않은 우물처럼
어두컴컴한 돌무덤에 빌붙은 잡풀들이
앙칼지게 갈기 세워
고갱이 속에 감추어 둔 속울음을 헹군다

슬픔이 점점 살찌는 동굴 속
기웃거리던 햇살이 뒷걸음질 친다
작별 인사도 받지 못한 시간들이
쓰렁쓰렁한 낯빛으로 붙박여 있을 뿐
암벽을 타고 이른 문에는
녹슨 자물쇠 입에 쇠사슬이 친친 동여졌다

검은 망토를 머리까지 둘러썼나 보다

민들레

동구 밖 느티나무 아래
버려진 안마 의자

무너져 내린 어깻죽지
녹슨 다리에 닳고 닳은 관절을 부려 놓았다
하염없이 제 팔다리 주무르며 허물어져 간다

소소리바람 파고드는 봄날
습관처럼 귀를 후비며
아직은 갈 수 없다는 듯, 손사래 치며
자드락자드락 벌레들이 쪼아 먹은 뱃구레 틈새로
민들레 한 송이 피워 올렸다

송곳니구름버섯

　팔다리 잘려 나간 나무가 깍두기 머리를 한 채로 장승처럼 서 있다

　늘 달고 살던 바람의 악기도 잃어버리고 품에 깃들던 새들도 떠나 버려 마음 문 굳게 닫아 버린 걸까

　으스러져 가는 뼈마디마다 자꾸만 송곳니가 돋아나 구름의 말 되새김질하고 있다

매미

제 몸에 실금 그은 매미들

토해 낸 피 불볕 아래 졸아들고

숨을 건너는 한 시절 매미들이

다글다글 모여 통성기도라도 하나

ㅆㅇㅆㅇㅆㅇㅆㅇㅆㅇㅆㅇㅆㅇㅆㅇㅇㅇㅇㅇㅇㅇ

벼랑 끝에서

혀뿌리 길게 늘어진 받침 없는 말

출렁거리는 허공에 쐐기를 박습니다

공원

땡볕에 달구어진 바닥이 맨발로

납작 반긴다 초록 등뼈 세운

나무들은 더운 피 끓는 열병식장에서

푸른 이마를 맞댄다

벤치에는 고요가 똬리 틀고 있다

잡아 줄 손 기다리는 철봉이

마음만 달아오르고 몇몇

운동기구들은 위풍당당하게 곧추서 있다

바닥을 어슬렁거리던 늙은 참나무가

햇살이 쳐 놓은 그물코에 걸리자 그만

\>

웃음보 터진 아기 새들

햇살 등에 냉큼 올라탄다

회전문

　허리 곧추세우고 한 발짝 놓쳐 버린 기억을 돌린다

　안락한 병풍 두른 꿀벌들은 회전문 뻔질나게 드나들고 떠밀린 개미 떼들이 엉거주춤 내달리지 못하는 평발로 암담한 유리벽에 까맣게 붙어 있다

　내 가슴에는 속절없이 뻔질나게 드나들던 발들이 남의 슬픔까지 꾸어다 탕진한 동굴이 있다

벽시계

째깍째깍 째깍째깍
익숙한 전생의 소음이 화폭에 남는다

경련을 일으키는 괴물의 눈빛 같은 리듬이
하루 또 하루 질기게 다가온다

마침내 나는
그 질긴 그물에 포박당한다

째깍째깍 째깍째깍
그 리듬의 숙주는 늘 사람이었나

곶자왈

세상에는 모두 하나 되는 나라가 있다
가시덤불 마다 않고 서로 보듬어 주는 나라

살갑게 길손 맞는 개톱날고사리 사랑꾼 붓순나무 날카로
운 송곳니 대신 노루에게 도토리 점심 대접하는 종가시나
무 장수를 누리고 귀족의 관이 되었다는 녹나무 아기 새 요
람에 품어 기르고 주린 사슴에게 생살을 내어 주는 열국의
어미 같은 이끼가 산다 나무와 풀들이 서로에게 옷 지어 입
히는 나라

지붕도 없는 오두막에서 그들은
깃털 들어 올리며
변화무쌍한 삶의 피륙을 짠다 뿌리들이
얼키설키 뒷뉘의 얼개를 짠다

가르마 가르지 않고 빗장도 지르지 않으며
굽은 허리 질질 끌리는 무릎으로
구듭 마다 않고 기꺼이 너나들이 되는 나라

바닷가에 이르면 망설임 없이

스스로 제 팔 잘라 내는 불가사리처럼
울퉁불퉁한 솔기 따라 모서리를 둥글게 마름질하고
온몸으로 노래하는 파도처럼
중력을 거스르지 않고 밧줄 타는 곡예사처럼
멀리 있는 활주로로 떠나가지 않아도 좋을 나라

동성명도 없이 친해진 사이 허물없이 뻗은 발이 녹는다
스스로를 찌르는 날카로운 가시도 숨은 쓴 뿌리도 내 발등
을 짓찧는 돌무더기조차 이곳에 풀어놓으리라

무덤

돌덩이도 서로를 사근사근 대할 줄 안다
바위는 식은 제 몸 뜨겁게 구워 내고
서로 채워 주며 살아가는 물은
주저 없이 제 길을 간다

세습된 신분으로 우리는
꿈의 깃발 꽂고 분양받은 하늘을
통째로 경작하느라 악몽마저 탕진한다
심장의 고동 소리가 사라질 때까지
어깨에 걸터앉은 파랑새가 날아갈세라
애탕애탕 가슴 졸이고 기르다가
무너져 내리는 하늘 아래 무덤을 판다

돌덩이도바위도물도파도도하늘도
모두들 저리 수나롭거늘
내 손으로 나를 말없이 묻어 버린
하늘 문 닫힌 그 무덤에선
아무리 발버둥 쳐도 허방이다

>

천국 문 두드리던 손으로

오르골처럼 장송을 되감는다

말

그림이 그려지는 순간 빛으로 태어나

숨은 그림처럼 시체놀이 즐기다

조개 귓바퀴에 감긴 말들을 바다가 흘린다

모래에 남긴 흔적 꼬리로

감쪽같이 지우는 여우처럼 사라졌다

구두점 없는 소리로 기침하다

난데없이 물의 속살처럼 돌진하다가

끝없이 미끄러지는 제 몸을 그릇에 눕힌다

젖은 진흙 위에 돋을새김되는 말

원주민이자 이주민인 바닷가의 모래 같은 말

그들은 물의 자서전을 쓰며 살아간다

호스피스 병동에서

굽이굽이 돌아온 길손들이
한 평 크기 침상에서
모래시계 부스러기들 바라보며
촛불이 되려 한다
켜켜이 재워 둔 서랍 속 아편들을
스스로 처방하며
링기병 속 부스러기 시간들이
줄 타고 들어와
바스락거리는 헝겊 가죽을 깁는다
영구치의 위엄도 뿌리째 뽑힌 시간들이
오래도 간직한 젖니를 지붕에 던지는
쓸쓸한 의식을 치르고 있다

마지막 옷을 짓는 여자

용틀임 멈추고
이억이억 짊어진 짐 내려놓고
굽은 등 펴는 그날
목쉰 풍금 소리처럼 흐르는
마지막 강을 건너려는 이들의
옷을 짓는 여자가 있었습니다

어느 날 응급실에 그녀가
사색이 돼 실려 왔습니다
온몸 휘젓고 도는 바늘 파편을
엑스레이 눈으로 수색하고
습격하는 순간 달아나 버리는
잡힐 듯 말 듯 바늘과의 급박한 추격전이었습니다
그녀의 눈물 골짜기 굽이굽이
피눈물로 누비는 무단 침입자를
가까스로 체포하고 마구 헤집어 놓은
상처 한 땀 한 땀 봉합하고서야
끝이 났습니다

마지막 옷을 짓느라 늘

먹먹해진 그녀는 바늘 끝에

실밥처럼 눈물을 매달고 살았겠지요

찔리고 못 박인 손끝에서

제 허리 부러뜨린 채 달아나 버린 바늘은

눈물 매단 실밥을 덜어 낼 작정이었나 봅니다

개 같은 날의 어느 오후

짜지도 맵지도 않은

그 무미한 시간의 무게에 짓눌린

내 몸이 절인 배추처럼 묵직하다

고요가 붙박인 거실에

바깥 행상 아저씨 외침이

쑹얼대는 벌레들처럼 이리저리 비집고 있다

따라 들어온 햇살이 콘트라베이스 현에 올라타

제 질감을 높이자

몸을 부린 먼지들이 기지갤 켠다

며칠째 누워 지내는 내 눈꺼풀이 파르르 파르르

＞
떠도는 먼지 꼬릴 따라 날고 있다

굳어 버린 무릎 관절에서

개 신음 소리가 희미하게 들린다

벽에 실린 사진이

누런 이빨을 씨익 드러내는 듯하다

저게 나인가

내가 저것인가

짜지도 맵지도 않은 시간이

가슴에 혹처럼 물컹하다

개가 어디선가 약하고 느리게 짖는다

날개를 접다

무거운 돌멩이 지고
벼랑 오르기 위해 밤낮없이
허공 향해 목발 짚고 쌓아 올린 탑
뼈를 나눠 가지고 이마를
부리를 맞부딪혀 가며 가슴속에
섬 하나씩 키우며 살아가는 아파트에
새가 되고 싶은 사람들끼리 모여 산다

창문마다 암막 드리우고
박쥐처럼 살아가던 14층 남자가
술비 퍼붓던 새벽
새처럼 날았다
버겁게 오르고 오른 허공 이기지 못해
젖은 깃털로 날개를 접었다

제4부

시소

한 몸으로 태어나 평생

반쪽으로 나뉘어 산다

내동댕이쳐져

엉덩방아를 찧으면서도

기꺼이 허공을 품고

덩더꿍 덩기덩 덩더러러

바위 같은 사연 들어 올린다

포르티시모 동굴

살끼리 버석대는 소리
어긋난 소리가 톱니바퀴처럼 굴러간다

플러그를 뽑자
소리의 그림자가 착상된다

쇼팽의 피 수혈받자
자라난 환영의 꼬리 물고

침묵도 소리로 채색된
외투를 입는다

중력의 법칙에 순종하듯
드레스 자락에 음악이 끌리고

피아노 건반에서 걸어 나온 소리가
발레 슈즈를 신는다

풀리지 않아도 좋을 마법의 창에 기대어
나는 끝 모를 유배를 꿈꾼다

>
음악의 알파벳 새겨진 포르티시모 동굴에서

화석이 된 세포들 날아오른다

습관성 유산

거미처럼 허공에 매달려
가까스로 에너지를 모으자
바람의 발가락들이 기웃거리며
비끄러맨 시간 촘촘히 말아 올립니다

야금야금 들락거리던
그릇된 영혼이
야생말 같은 보폭으로
구름 사다리를 오르내립니다

봉쇄령에도 아랑곳없이
고삐 풀린 나의 마음은
내가 소유권자인 적 없었지요
까닭 없이 암호가 걸린 마음만
그저 타들어 갑니다

대책도 없이
에로스의 은혜를 입은 성소에서
태반을 찢고 나왔습니다

>
상처에 막소금 쟁이고는 성벽을 쌓았으나
무너지지 않으려는 삶을 겨냥하던
절박한 마음은 번번이 무너져 내립니다

누군가에게 도둑맞은 듯한 마음은
도피 행장을 궁리하고 떠돌다가
풍토병을 앓곤 했지요
먼 길 돌고 돌아온
덤불숲 같은 마음 켜고 벌초를 합니다

詩 1

가슴에 만져지는
만져지지 않는 말이
비가 맨발로 달려가듯 내달리다
소리 내어 돌아온다
오두막 짓고 다시 허문다

기억의 동굴 속에 꽃눈 오르면
눈동자에 씨앗을 심는다
마침내 눈꺼풀이 열리고
마구발방 자라난 말들이
낡아 빠진 안테나처럼 지글거린다

양떼구름 벋어 있는 구름밭이
고샅고샅 파고들면
눈꺼풀이 감기고 낱말들이
또다시 파닥거리기 시작한다
괄호 안에 갇힌 말들이 쑹얼거리는
소릿발 잦아들면 이윽고 고요가 깃든다

내 뼈로 짜 맞춘 삐걱대는 문들

열고 닫고 닫고 열고

마음속 비밀의 문 여는 화가의 붓처럼

묵은 뼈에 새겨진 문신들이 마침내

판화로 찍힌다

詩 2

검불밭에서 수은처럼 반짝이는 얼굴 찾겠다고
숲속에 매복한 소리를 밟는다

기호들로 옷을 짓고 옷자락에
음표 새긴 잠자리 날개 달더니
벽장 속 마네킹들에게 주섬주섬 입힌다

벽장 속을 걸어 나온 말들이 케케묵은
탯줄의 꼬리 자르겠다고 목을 길게 늘인다

목을 길게 늘인 말들이
눈부시게 눈멀은 바다에 손 뻗는다
늘어진 바다 뱃살 들어 올리며
부서지고 휘말리는 발자국 좇는다 기어이
다른 몸 입고 낯선 세계에 다다르려는

지평선

가 보지 않은 길들이

캔버스 위에 어른거립니다

기척도 없이 파고드는

불안이 어쩔 줄 몰라 서성거립니다

먹구름 속에서

빛으로 이어지는 통로를 찾느라

허구한 날 출렁거립니다

눈을 질끈 감아도

눈을 부릅떠도

그저 아뜩한 지평에 구석구석

\>

자신의 허물을 벗어 버리려고

발버둥 치다 찢긴 옷들이 펄럭입니다

먼지 한 줌이라도 붙잡을 것이 필요한 손들

지구의 맨살을 움켜잡습니다

조율할 수 없어

끝내 장례를 치르고야 만

꿈의 뼈들이 서걱입니다

꽃길은커녕 지뢰밭 걸어오던 발들이

허리 굽힌 태양의 어깨 위에 올라탑니다

알 수 없는 두려움에 떨며 해 질 녘

＞

하늘 한번 못 올려다본

졸아든 가슴이

더듬더듬 등불을 켭니다

상상력에 대하여

통제구역 벗어난 발이
묵은 먼지 털어 내고

머릿속 사막에 나무 심고
일렁이는 심장이 하늘다람쥐 기른다

영감을 퍼 나르는 사람들이 북적이는
빛의 제국에 기지국 세운다

거짓으로 진실을 보는 거울 앞에서
저를 잃어버린 반쪽들
수수께끼에 갇힌다

흰 국화 앞에서
가위손이 망설이는 그 한순간을 읽어 내는*
어느 시인의 눈이 번뜩인다

침묵이 건너는 다리에서
소리의 파수꾼이 보초를 선다

* 바손의 시에서.

담배 아저씨

　불편한 몸 기우뚱거리다 그는 이따금 구석에 주저앉아 몽당 손가락으로 가슴 더듬어 꺼낸 마음의 심지에 불을 댕깁니다 식어 가는 심장에 불 지피고 제의 치르듯 마음 모두어 천천히 향불을 피워 올립니다 소리 없는 울음 꾸역꾸역 삼키며 졸아들 대로 졸아든 마음이 천천히 타고 있습니다

놈과 놈 사이

놈과 놈 사이엔 거리가 있다
개와 강아지 사이
먹어 치운 밥그릇 수만큼 딱 그만큼 분명하다
개는 발길에 차이다 찢기고 부러지고
눈칫밥에 불거진 눈알까지를
혀처럼 축 늘어뜨린 채 감나무 그늘에 들었고
꼬리 짧은 강아지는
제 꼬리 물려고 뱅뱅 돈다

다리도 눈도 풀린 한 남자가
큰 소리로 개새끼를 부른다
꼬일 대로 꼬인 혀 풀어 가며 애타게
개새끼 연발하며 침을 내뱉더니 결국
밥술 무게 견디지 못한 탓인지
감나무 그늘에 제 몸 부려 놓았다
혀를 축 늘어뜨린 개가 그에게 다가선다

디지털 유목민

정거장 없는 행선지가 끝없이 펼쳐지고
창틀 안에 갇혀 지내는 그들의
손가락 끝으로 풍경들이 스쳐 간다

모록모록 담긴 젖이 넘쳐 나는 파라다이스
입 큰 인형들이 쉴 새 없이 태어난다
머리까지 온통 입이 돼 버린 입으로
물어뜯다 돌 재갈 물린 입으로도
젖을 빨다 잠이 든다

바람의 목소리에 귀를 걸어 놓은 유목민들은
멀리서 들려오는 말발굽 소리 듣는다
낯선 바람의 기침 소리에도 두려워 떨며
부릅뜬 눈으로 말발굽 소리 쫓는다

유목의 피가 흐르는 디지털 세상에서
더듬더듬 그림자 따라가는
여섯째 손가락이 점점 자란다
순식간에 그림자를 삼킨 연못에서는
샴쌍둥이 같은 물고기들이 헤엄친다

알 수 없는

그림자에 갇혀 찾지 못하는 그 얼굴은 누구일까요

감옥에서 제 숨소리로 짜는 날개
당신과 나를 붙들고 있는 그 냄새일까요

눈부신 빛은 정녕 길을 잃지 않을까요

입 거품 문 파도의 혼잣말은
죽어서도 죽을 수 없는 제 삶을 증명해야 하는
물의 연대기일까요

목이 곧은 사람들은 왜
스스로를 노예로 부리는 걸까요

쟁여 놓은 다르다와 틀리다 사이에서
꼬리에 꼬리 문 실루엣

소리를 질러

작은 섬나라 솔로몬 군도에선
나무가 커서 도저히 벨 수 없을 때
도끼 대신 목이 터져라 소리 질러
나무를 쓰러뜨린다고 한다 소리로
그 나무의 영혼을 죽게 한다지요

이웃집 남자는 자기 차에다
발길질해대며 소릴 지르고
도끼눈 뜬 옆집 할머니는
애지중지 키우던 강아지에게 고함쳐댑니다
사람들은 하늘 아래 무언가를 향해 소리 질러
돌멩이가 뼈를 부러뜨리듯 마음을 부러뜨리는 걸까요
쓰러뜨리고 부러뜨릴 것들이
이 세상엔 너무 많은가 봅니다

몸책

스스로 숨어 버린 책 벽장 속
책 벌레가 야금야금 갉아 먹은 가슴팍
갈피갈피 찢긴 살갗이
보삭보삭 바스라져 간다

미늘 갑옷도 없이 섞박지 속에서
미라처럼 누워 희멀겋게 익어 가는
볼락의 까막눈이
비상등 깜박인다

난데없이 몸속 체액이 흘러나온다
구석구석 고인 눈물을 죄 퍼내려는 듯
쏟고 쏟아 내더니
바짝바짝 타들어 간다
급기야 360도 회전하는 우주선에 갇힌 채
탈출을 간절히 바랐으나
공포만 임계점을 뛰어넘는다

병상 기웃거리던 파도가
지느러미 돋을 때까지

먼바다로 떠나는 그날까지
강강술래나 하자며
맞잡은 손 놓을 줄 모른다

근심을 기르던 심장이 더는 못 참겠다
스스로 빗장을 열었다
투명 잉크로 눌러쓰고
봉인한 페이지들을
침침한 눈으로
한 장 한 장 읽어 나간다
걷잡을 수 없이 들이닥친 파도에
갑옷마저 벗겨진 알몸
파도 소리가 들리는 몸이 책이다

달의 뒷모습 같은

묵음이 고인 허공이 출렁입니다 눈뜨면 어김없이 떠오르
는 해 그 햇살은 수많은 생명을 키웁니다 호흡이 있는 것마
다 종종걸음 칩니다 눈뜨면 디지털 발자국 따라 하루를 열
고 닫습니다 도시의 카메라는 잠들지 않고 사람들 뒷덜미
를 잡습니다

사람이 사람을 위해서라면 못 할 일이 없습니다 동물들의
신경계를 장악하고 그들을 희생양으로 삼아 살아갑니다 죄
책감도 없이 나의 안녕을 위하여 짓밟고 괴롭히기 일쑤지요

사람들은 꿈의 정거장을 만들고 우주 돌파를 눈앞에 두고
있습니다 경이로운 대자연의 주인은 누구일까요 생태계를
마구잡이로 휘젓던 사람들이 정신줄 놓은 틈새를 노려 불현
듯 요괴들이 나타났습니다 알 수 없는 경로를 타고 온 세계
에 바이러스가 진격했습니다 서식지 잃은 생명들이 반란을
일으킨 게지요 문명이 낳은 팬데믹 앞에서 우리는 무릎을
꿇었습니다 집단지성마저 무너져 내렸습니다

소리 없이 혁명을 외치는 그들을 더는 외면할 수 없는 현

실입니다 저당잡힌 우리의 목소리 마스크 너머의 미소가
그립습니다

시의 목을 베다

쏟아 놓은 말들에 고막이
너덜너덜해지고 시도 때도 없이
매미 소릴 내다가 눌러앉아 버렸습니다
짐짓 모르는 척 내박쳤는데도
생살 파고드는 발톱처럼 성가시게 굴어
발톱을 뽑아 버렸습니다

아무짝에도 쓸모없는
마땅히 패대기쳐야만 하는
시퍼렇게 질려 눈도 뜨지 못하는
시의 목을 내 손으로 덜컥 베어 버렸으나
그들을 묻어 줄 땅이 없어
손에 배인 피비린내에 시달렸고
관도 없이 버려뒀던 그것들이
내 목을 밤마다 조르곤 하였습니다만
도무지 좇아갈 수 없는 아뜩한 곳으로
그것들이 홀연히 떠나는 바람에
사슬잠에서 겨우 풀려났습니다

이제 더는 불안을 포르말린에 절여 두지 않아도

웃자란 그의 목을 비틀지 않아도
슬픔을 보약처럼 빨아 먹고 사는 풀밭에서
두렁 일구는 벌레들에게 식은 피 내어 주고
바삭바삭한 볕살 받아먹습니다
새들이 지저귀는 소리로 고막을 깁고
내리는 비에 마음 내주면
붉은 새살이 차오를지도 모르겠습니다

물이 발자국을 지우고 있다

맨몸으로 뛰어들어
저를 조여 붙들어 맬 괄약근도
의지할 피붙이도 없이
어떤 파장에도 저항 없이 올라타고

남루를 껴입고도 돌돌거리며
박음질 자국 남기지 않고 감쪽같이
찢긴 살 꿰매고

뭇 생명의 숨을 가둔 돌들의 말
그 무수한 신분증이 그의 노랫가락인 것을
울먹울먹 마음의 지도를 따라간 발자국이
흔적을 남기지 않으려는 듯
제 발자국 지우고

해 설

삶과 시에 대한 고전적 시선과 서정적 항심恒心

유성호(문학평론가, 한양대학교 국문과 교수)

1. 진솔한 삶의 체험과 역동적인 상상력

김환중 시인이 등단 5년 만에 펴내는 이번 첫 시집은 스스로에게 오랜 위안과 치유의 손길을 내미는 서정적 고백록이자, 결곡한 마음이 빛을 뿌리는 순간을 통해 삶의 고단함과 가파름을 넘어서려는 의지를 토로해 가는 내면의 표지標識이기도 하다. 시인은 삶의 곡진한 순간들을 따라 자신의 삶과 시를 새롭게 발견해 가면서 다시 그 힘으로 세상을 새롭게 응시하는 과정을 이어 나간다. 그 점에서 김환중의 시는 서정시가 가질 법한 자기 확인이라는 구심의 의지와 타자 지향이라는 원심의 열망이 균형을 이루고 있는 세계라 할 것이다. 그의 첫 시집은 이렇듯 보편적 가치에 대한 섬세한 탐색, 시에 대한 사유와 고백, 인상적 순간들을 감각적으로 잡아내는 노력 등으로 구성되어 있다. 이처럼 시인은 진솔한 삶의 체험과 역동적인 상상력을 한껏 결속하면서 자신의 시 쓰기를 완성해 가고 있다. 주체와 세계 사이의 균열에 통증을 느끼면서도 결국에는 그것을 치유하며 나아갈 수 있다는 믿음을 가진 그는 삶과 시에 대한 새로운 시선과 의지를 통해 이러한 주체와 세계 사이의 독자적인 미학을 펼쳐 간다. 그래서 우리는 이 시집을 통해 삶의 완성을 향한 시인의 남다른 미학적 의지를 만나게 될 것이다. 이제 그 세계 안으로 들어가 보도록 하자.

2. 생명 지향의 존재론적 발견

대체로 첫 시집은 시인 자신이 살아온 시간을 온축하면서 그 생애의 씨줄과 날줄을 통해 시인이 사유하는 어떤 가치 있는 세계를 유추하게끔 해 주는 목소리를 담아 가게 마련이다. 김환중 시인은 스스로 겪어 온 시공간을 재현하면서 넓고 깊은 언어와 상상력의 편폭을 보여 줌으로써 이러한 첫 시집의 속성을 완성하고 있다. 그 과정에서 우리는 그의 품과 격이 넓고 높은 세계로 나아가는 모습을 발견하게 된다. 결국 시인은 육안으로 포착하기 어려운 비밀스러운 삶의 요소나 순간들에 대한 간단없는 탐색을 통해 우리가 오랫동안 망각하고 살아왔던 가치에 대해 생각해 보게끔 해 준다. 한 편 한 편마다 그 나름의 완결성을 담아내면서 오랜 기억 속에서 자신만의 밝은 감각을 불러낸다. 낮은 목소리로 전해 오는 첫 시집의 전율이 미덥고도 아름답게 다가온다.

> 동구 밖 느티나무 아래
> 버려진 안마 의자
>
> 무너져 내린 어깻죽지
> 녹슨 다리에 닳고 닳은 관절을 부려 놓았다
> 하염없이 제 팔다리 주무르며 허물어져 간다
>
> 소소리바람 파고드는 봄날
> 습관처럼 귀를 후비며
> 아직은 갈 수 없다는 듯, 손사래 치며
> 자드락자드락 벌레들이 쪼아 먹은 뱃구레 틈새로
> 민들레 한 송이 피워 올렸다
>
> —「민들레」전문

이 작품은 '낡은 의자'와 '새로 피어나는 민들레'라는 대조적 심상을 통해 생명 현상의 경이로움을 노래하고 있다. 동구 밖 느티나무 아래 버려진 오래된 '안마 의자'는 속절없이 무너지고 허물어져 가는 육신의 소멸 과정을 그대로 드러낸다. 그 외관은 오랜 시간을 버텨 오다가 소멸해 가는 뭇 존재자들의 속성을 고스란히 함유하고 있다 할 것이다. 그런데 "소소리바람 파고드는 봄날"에 그 낡은 의자에서 새로운 생명이 움트는 것이 아닌가. 놀랍게도 조그만 벌레들이 쪼아 먹은 의자 배 속에서 "민들레 한 송이"가 피어난 것이다. 그 '민들레'야말로 본원적 생명에 대한 외경과 믿음을 가진 김환중 시인의 이상理想이 투사投射된 둘도 없는 생명적 비유체가 아니겠는가. 어쩌면 김환중의 시는 그 점에서 "뭇 생명의 숨을 가둔 돌들의 말"(「물이 발자국을 지우고 있다」)일지도 모르겠다. 다음은 어떠한가.

파도 소리 채록하기 위해 나선 햇발이 바다에 엎드려 업무 일지를 쓰네요 어제를 시침질한 저녁은 뒷걸음치며 붉은 근심을 풀어놓고요 또록또록 반짝이는 음표를 문 물새들 울음 꼭지를 공중에 걸어 놓는군요

어둠이 거드름 피우며 겁에 질린 해를 몰아내고요 멜랑콜리 피 물려받은 물고기들이 떼 지어 몰려왔군요 늑골에 낀 허물 뽑아내듯 무연고자 꼬리표를 초저녁 별들에게 건네주네요

달빛 무도회를 준비하던 파도가 제 발에 걸려 넘어진 파도들을 목청껏 불러 세우고요 진땀 흘리며 리허설 무대에 오르는 파도, 돌연 고해성사하듯 자신의 주름진 속살까지 헤집어 숨은 곡절 낱낱이 풀어놓는군요
—「저녁의 알리바이」 전문

햇빛과 달빛이 교차하는 바다에서 시인은 저녁이라는 순간을 점묘한다. 어쩌면 '저녁'이란 모든 존재자들이 자신의 원상原象으로 돌아가는 침전의 순간이 아닌가. 시인은 하루가 끝나 가는 저녁을 두고 "파도 소리 채록하기 위해 나선 햇발"이 업무 일지를 쓰는 시간으로 표현한다. 파도는 하루 종일 햇빛 아래서 자신만의 소리를 흘려보냈을 것이다. 이제 저녁은 천천히 "반짝이는 음표를 문 물새들 울음"을 새겨 가고 있고, 시간이 흘러 어둠은 해를 몰아내고 물고기들은 "무연고자 꼬리표"를 초저녁 별들에게 건네준다. 달빛 무도회를 준비하던 파도는 리허설 무대에 올라 고해성사하듯 주름진 속살까지 낱낱이 풀어놓는다. 이러한 "저녁의 알리바이"를 구축해 가는 시인의 언어는 '파도'를 둘러싼 자연 사물을 의인화하면서 생명체가 가지는 소멸과 생성, 흐름과 침전, 외양과 속살까지 투시하는 노력을 면밀하게 보여 준다. 그 노력 끝에 "들리지 않는 소리를 저장하는 곳간"(「침묵」)으로서의 자연을 포착하고 표현할 수 있었던 것이다. 그렇게 자연은 그에게 "보이는 것과 보이지 않는 것들 사이에서"(「바다 오르간」) 시를 써 가게끔 해 준다.

이러한 생명 지향의 속성을 통해 김환중 시인은 사물을 바라보고 배열하는 독특한 시선을 보여 준다. 가령 그것은 막 태어나는 것들에 대한 찬탄의 시선으로 나타나기도 하지만, 소멸해 가는 순간에 대한 애잔한 시선으로 등장하기도 한다. 그렇게 시인은 인상적 장면에 대한 기억의 현상학에 매진하면서도 그것이 어떤 본질적 의미를 지니는지에 대하여 진지하게 질문해 간다. 이때 그의 시는 사물의 표면을 뚫고 들어가 근원적 생명에 대한 탐구를 지향하려는 욕망을 보여 주게 되고, 자연 사물로 하여금 그러한 내밀한 경험을 담아내는 상상적 거소居所가 되게끔 해 주고 있다. 언어의 지시적 의미를 넘어 근원적 삶의 형식을 묻는 이러한 작법은 생명 경험의 한편을 선명하게 묘사하면서 그 경험이 가지는 의미를 거듭 탐색해 가게 된다. 그것이 삶의 미학으로 승화하면서 아름다운 기억들로 번져 간 것이 결국 그의 첫 시집인 셈이다. 김환중 시인은 이러한 과정을 통해 생명 지향의 존재론적 발견을 해 간 것일 터이다.

3. 생성과 소멸을 증언하는 시간예술로서의 서정시

우리가 파악하고 유추할 수 있는 시간이란 한동안 그것이 존재자들의 삶을 규율하다가 사라져 가는 곳에서 생겨나게 마련이다. 하지만 그러한 소멸의 형식은 또 다른 차원의 생성을 준비하는 불가피한 단계이기도 할 것이다. 어쩌면 소멸해 가는 존재자들의 안쪽에 이미 생성의 가능성이 충분히 잉태되어 있다고 해도 틀린 말은 아닐 것이다. 이 모든 것이 우리가 홀로 살아가는 단독자가 아니라 생성과 소멸의 끝없는 과정을 함께 겪어 가는 호혜적 존재임을 알려 준다. 김환중 시인은 이러한 삶의 상호 의존적 역리逆理를 발견하면서 그 결실을 자신의 삶에 수용해 간다. 서정시라는 장르 규정이 그 타당성을 견지해 간다면 우리는 서정시의 존재 조건을 이루는 근거가 이러한 사물들의 상호 결속 과정에 대한 탐색이 될 것이라고 믿는다. 그리고 그 결속 과정을 매개하고 표현하는 제일 형질이 바로 시간이라고 생각하게 된다. 김환중의 시는 그러한 시간의 흐름을 통해 새로운 의미 충전을 이루는 방향으로 전개되어 간다.

새들의 수다를 베낀
바람이 풀어놓은 전설을 들었습니다
당신 살점을 주린 벌 나비에게
아낌없이 내이 주고 홀연히 떠난
그 울음터에 꽃이 피었다고 했습니다

숨탄것들 내려놓고
피눈물 묻은 땅에 이따금 비가
글썽거리며 말 걸곤 했습니다
밤마실 나오는 달빛 아래 숨죽여 흐느꼈습니다
빛의 손가락이 눈꺼풀 치켜뜨고 촘촘히 짠
목화의 질긴 숨통이 톡톡 터지곤 했습니다

기어이 별꽃을 피운 당신
꽃술에 묻어온 그 살점이 밤마다 서걱입니다
　　　　　　　　　　　　　　　　—「목화」 전문

목화가 피어나기까지는 새들의 수다와 바람의 전설이 오

래도록 필요했을 것이다. 그 수다와 전설은 '당신'이 주린 벌 나비에게 살점을 아낌없이 내어 주고 홀연히 떠난 울음터에 피어난 꽃이 '목화'라고 일러 준다. 목화는 그렇게 오랫동안 '말'과 '울음'의 반복을 통해 본연의 모습을 갖춘 것이다. '숨'과 '피눈물'과 '글썽거리는 말'과 '달빛 아래 흐느낌'이 말하자면 "촘촘히 짠/ 목화"의 숨통을 톡톡 터뜨리게 한 것이다. 시인은 다시 "기어이 별꽃을 피운 당신"을 호명하면서 그 2인칭의 존재와 부재가 힘을 합하여 "꽃술에 묻어온 그 살점"을 발견하게끔 했다고 고백한다. 그래서 이 작품은 처연한 사랑 시편이면서 동시에 수많은 인연과 시간이 얽혀 존재자를 가능케 한다는 인연 시편이기도 하다. 그렇게 시인은 "도무지 마를 줄 모르는 슬픔"(「불씨」)을 통해 "풀리지 않아도 좋을 마법"(「포르티시모 동굴」)을 가능하게 한 신비로운 시간의 의미를 노래하고 있다 할 것이다.

외할머니 따라 소달구지 타고 시집와 백 살을 훌쩍 넘긴 반닫이가 검버섯 피우며 늙어 간다 쇠 나비 날갯짓 멈춘 지 오래다 아파트에서 구석으로 밀리다 끝내 툇마루로 쫓겨난 신세 발치에 제 살 토해 놓았다

삐거덕 쇠 나비 날개 펴는 반닫이 속에는 어머니 수예품들이 가득하다 수놓은 열두 쪽 병풍에 피어 있던 동백꽃 나무가 여태 시들지 않았다 산호색 부리 날개 온전한 파랑새 한 마리도 날아오를 듯하다 긴 세월이 감긴 모시 조각보가

곱다 놋그릇 밥 품고 아랫목 지키던 누비 덮개 하르르한 보
자기도 색동 조각 누빈 바늘집 튼살 골무도 쇠 나비 날갯죽
지 안에 하릴없이 갇혀 있다

납작한 복주머닐 훈장처럼 달고 기필코 살아남은 반닫
이가 자물쇠 채워진 입을 열었다 아버지 손글씨 살아 있는
해부학 미생물 책 몇 권에 고비늙은 사진첩이며 표창장들
이 가로누웠다 반닫이 바닥에 유배된 닥종이 꾸러미는 고
조부께서 집필하신 해독할 수 없는 문집이다 먹물로 새긴
솔로몬의 율법서 같은 것이리라 대대손손 이 깊은 우물에
거울처럼 자신을 비추어 보고 마르지 않는 샘물 길어 올릴
이 글도끼가 나 같은 무지렁이 손에서 그저 낡은 유물로 녹
슬어 간다 글도끼 집어 들고 어지러운 마음 찍어 내고 싶었
으나 까막눈만 끔벅이다 제자리에 고이 모셔 두었다

—「반닫이」 전문

'반닫이'는 앞면 상판의 반을 아래로 젖혀 여닫게 된 궤를
말한다. 백 년 전 외할머니 따라 시집을 와서 검버섯과 함
께 늙어 간 '반닫이'는 이미 "쇠 나비 날갯짓"을 멈춘 지 오
래다. 물론 아직도 "어머니 수예품들"이 가득하고, 병풍에
수놓은 동백꽃 나무도 시들지 않았고, 긴 세월이 감긴 모시
조각보가 여태 곱지만, 그 안에는 보자기도 골무도 하릴없
이 갇혀 있을 뿐이다. 그런데 그렇게 외로 된 채 살아남은
반닫이가 한순간 자물쇠 채워진 입을 열었다. 그 안에는 아
버지가 남기신 책들과 사진첩과 표창장들이 있고, 바닥에

는 고조부가 쓰신 정말 오래된 "해독할 수 없는 문집"이 먹물로 새긴 솔로몬의 율법서처럼 놓여 있다. 깊은 우물에 거울처럼 자신을 비추어 보고 마르지 않는 샘물을 길어 올릴 것 같은 이 '글도끼'는 비록 낡은 유물로 녹슬어 가고 있지만 그럼에도 시인으로 하여금 가끔씩 "글도끼 집어 들고 어지러운 마음 찍어 내고" 싶게끔 해 주는 것이 아닌가. 그렇게 제자리에 고이 모셔 둔 문집은 '시인 김환중'을 가능하게 해 준 원초적 시간을 담고 있었으리라. 그러니 그 안에는 "구부러진 길을 휘돌아 걷고 또 걷다 보면 오래전에 잃어버린"(「기찻길」) 자신이 있을 것 같은 시인의 오랜 감각이 농울 치고 있고, 그가 써 가는 "풀뿌리 닮은 말들"(「수화」)의 원형도 깊은 숨을 쉬고 있을 것 같지 않은가.

이렇게 김환중 시인은 자신만의 기억을 되살리면서 시간의 흐름을 엮어 가는 존재자들이 남긴 순간성의 미학을 노래한다. 그 과정에서 비롯하는 정서적 반응에 자신의 가장 직접적인 실존의 근거를 둔다. 이때 시인이 구성하는 서정성은 세계로부터 초월하지 않고 오히려 삶의 순간성을 통해 세계에 참여하게 된다. 존재론적 결핍을 기억의 원리에 의해 견디면서 그것을 존재론적으로 심화해 가는 시인의 역량은 여기서 단연 빛을 발한다. 이는 서정시가 인간 존재를 이성적으로만 파악하는 것이 아니라 감각적 현존을 통해서도 파악해 가는 양식임을 선명하게 보여 주는 실례인 셈이다. 나아가 서정시가 끊임없이 우리의 현재적 감각과 인식을 탈환하는 예술임을 확인해 주는 더없는 물증이 되는 것이다. 그 한가운데 생성과 소멸을 증언하는 시간예술로서의 서정시를 가능케 했던 김환중 시인의 언어가 아스라하게 흘러가고 있다.

4. 실존적 고투와 예술적 상상의 결속

서정시는 시인 자신의 실존적 고투를 내용으로 삼는 고백의 양식으로 널리 알려져 있다. 자연스럽게 그 안에는 남다른 경험과 사유를 통해 새로운 삶의 질서를 마련해 가려는 시인 자신의 남모를 열망이 담겨 있게 마련이다. 물론 그것은 새삼스럽게 새로운 가치를 생성하는 것이라기보다는 우리가 잃어버린 어떤 정신적 위의威儀를 복원하고 탈환하는 경우가 훨씬 더 많다. 그래서 그 안에는 인위적 경계를 허물고 자유로움을 그려 보이려는 시인의 본원적 열정이 깊이 매개될 수밖에 없다. 김환중의 시는 이러한 서정시의 속성과 원리에 대한 자각 아래, 삶의 근원과 구체에 동시에 착목하는 모습을 보여 준다. 또한 한 시대의 불모성에 대한 유력한 항체를 만들어 냄으로써 자신만의 사유와 감각을 끊임없이 선보이고 있다. 특별히 우리가 이번 시집에서 만나게 되는 것은 시인이 오래도록 다듬어 왔던 비유적 표상들인데, 그것들은 어떤 깊은 존재론적 차원에 대한 갈망에서 생성된 물상들인 셈이다.

새도 꽃을 심고 바람도 나무를 심는다
묵묵히 살다 죽은 가문비나무는
순명 받들어 다시금
비밀의 요새에서
두근거리는 심장 비끄러매고
피아니스트 두 손과 페달에
운명의 열쇠 맡긴다

고전주의자들이 바람에 쌓인 눈 더미를
발로 꾹꾹 누른 뒤에
잉크 묻은 고드름으로 서정시 새겨 넣듯
헐거워지고 뒤틀린 심사 가지런히 다스리듯

바람도 숨죽인 무대에
쇼팽 모차르트 베토벤의 혼을 불러 앉히고
건반 위의 철학자들도 모신다
휘파람새 흰머리독수리 가시나무새 날개에 묻어 온
무의식의 합창을 진설한다

잠자고 있는 수많은 조직 그
악보들을 모시고 사는 피아노는
침묵을 배경으로 거느린다

—「피아노」 전문

"묵묵히 살다 죽은 가문비나무"는 '피아노'로 몸을 바꾸어 가면서 자신의 순명을 받들었다. "두근거리는 심장"과 함께 피아니스트에게 "운명의 열쇠"를 맡긴 것이다. 잉크 묻은 고드름으로 서정시를 새겨 넣듯 '피아노'는 바람도 숨을 죽인 무대에 올라 "쇼팽 모차르트 베토벤의 혼"을 불러 앉히고 그 안에 "휘파람새 흰머리독수리 가시나무새"의 합창을 진설해 낸다. 수많은 악보를 모시고 사는 '피아노'는 그렇게 수많은 침묵을 배경으로 거느리고 살아가는 것이다. 그 '침묵'이야말로 시인이 마주하는 "바람의 악기"(「송곳니구름버섯」) 소리이자 거기서 울려 나오는 "극약 같은 악기 소리"(「그물을 깁다」)의 마력이 아니겠는가. 시인의 역동적인 상상력은 이렇게 나무와 피아노, 소리와 침묵, 순명과 합창과 악보와 음악 혼의 연쇄를 가능하게 해 준다.

햇살 모자를 쓴 물의 뺨이 반짝입니다 심심한 물이 혼자 묻고 혼자 대답합니다 수초들이 귀 세우고 고개 끄덕이자 슬그머니 엿듣고 있던 바람이 낚아챈 말 입에 물고는 잽싸게 달아납니다 저녁 어스름엔 일렁이는 속살 문질러 닦습니다

스스로에게 내린 벼슬 거둬들인 밤마다 고비고비 넘나든 가슴을 가만가만 쓸어내립니다

때때로 달뜬 마음 재우던 물이 머뭇거리는 내게 속삭입니다 밑바닥을 기어 보라 바닥으로 흘러가라 이르며 오목

가슴을 적십니다

—「물의 귀엣말」 전문

물이 속삭여 주는 '귀엣말'은, 위에서 들은 '피아노 소리'
와 유사한 상상력의 바탕 위에 설계된 것이다. "햇살 모자
를 쓴 물의 뺨"이 반짝이면서 혼자 묻고 대답하는 도중에 바
람이 "낚아챈 말 입에 물고" 달아난다. 그렇게 때때로 달뜬
마음 재우던 물이 속삭이는 귀엣말을 시인은 듣게 되는데,
그것이 바로 밑바닥을 기어 보고 바닥으로 흘러가라는 말로
번져 간다. 오목가슴 적시는 물의 귀엣말에서 우리는 이제
"쓰러뜨리고 부러뜨릴 것들"(「소리를 질러」)을 사유하려 하고
"반란이 없는 심장의 습관"(「피노키오 손가락」)을 향해 존재 전
환을 요청하는 시인의 상상력을 한껏 느끼게 되지 않는가.

말할 것도 없이, 서정시의 존재 의의는 우리의 기억에
서 지워지거나 흐릿해진 것을 재차 환기하는 상상력과 연
관된다. 물론 서정시는 알려지지 않은 것을 새롭게 생성하
기도 하고 지나간 시간 속에 묻힌 오랜 경험을 새삼 드러내
는 형식으로 나타나기도 한다. 그 점에서 한 편의 서정시는
내부로부터 빛을 비추는 일종의 계시이며, 익숙한 것을 생
소하게 하고 그 생소한 것을 점진적으로 명료하게 해 가는
순환적 반복의 시간예술인 셈이다. 특별히 그 생소화가 창
조적 상상력을 매개로 하여 새로운 충격과 감동으로 다가
올 때 우리는 그것을 새로운 시적 경험이라고 규정할 수 있
을 것이다. 그만큼 각별한 시적 경험은 주체의 성찰과 소

통의 결과로 생겨나는 것이다. 물론 이러한 성찰과 소통을 가능하게 하는 주요 원인은 시인이 가지는 예민한 언어 감각과 사물 인식의 태도에 있을 것이다. 우리가 읽은 김환중의 시는 '피아노'와 '물'이라는 물상을 매개로 하여 이러한 실존적 고투와 예술적 상상의 결속 과정을 선연하게 비추어 주고 있다.

5. 시 쓰기의 자의식을 통한 새로운 언어의 사유

나아가 시인은 '시'를 환기하는 연쇄적 은유를 통해 '시 쓰기'에 대한 충일한 자의식을 보여 준다. 이러한 과정은 스스로 시를 쓰면서 살아온 시간을 흘려보내지 않고, 그것을 여전히 몸 안에 축적된 강렬한 현재형으로 암시하는 데서 이루어진다. 지나온 날은 대개 그 시절이 지금은 사라져 버렸다는 판단에 따라 부각되는 법인데, 이때 지나온 날은 어떤 기억이 지시하는 대상으로 존재하게 될 뿐이다. 하지만 김환중의 기억은 지나온 날과 '지금-여기'의 엄연한 거리를 '시 쓰기'라는 행위의 연속성으로 이어 감으로써 과거 경험을 현재의 것으로 전환시키는 구성적 계기를 만들어 낸다. 그는 그러한 기억의 작업을 단호하고도 결연한 형상 속에 수행해 냄으로써 모든 사물에서 오랫동안 시를 읽고 받아 적는 자의식을 온몸으로 표현해 가는 현재형의 시인인 셈이다.

마음을 점자처럼 읽어 주는 앱
의사 결정에 끼친 앙금까지도 알아차리는 앱
알고리즘 값으로 음악 식탁도 차려진다죠
비즈니스 전자우편에서는 모호한 표현을
정중하고 명확한 어투로 바꾼다지요
숨은 감정 읽어 내는 또 다른 얼굴이
그대의 영원한 숙제 대신해 주면
신경 곤두세울 일 없어질까요
행간에 숨은 뜻 찾는 수고도 덜 수 있을까요
증발해 버린 기억의 창 열 수 있을까요
그대 눈썹에 걸린 시간의 덫조차도
안개의 뼈 발라내듯 그대 몰아세운 파도와
이미 삼켜 버린 비겁함까지도 뱉어 낼까요
간을 맞추려는 노고도 덜 수 있을까요
죄의 싹들이 더는 자라지 않을까요
속주머니에 감정 통장을 쟁여 두고
흘리고 다닌 빛깔과 소리들
시스루 입은 채 떠도는
스마트한 세상의 포로가 되어
유리 심장으로 살아가야 할까요

—「유리 심장」 전문

시인이 노래하는 "유리 심장"은 마음을 점자처럼 읽어 주
고 마음의 앙금을 알아채고 음악 식탁도 차려 주는 '스마트
폰'을 비유적으로 명명한 것이다. 그 심장은 모호한 표현을

명확하게 바꾸어 주고 숨은 감정을 읽어 내기도 한다. 그렇게 지금까지와는 전혀 다른 얼굴이 나타나 삶의 행간에 숨은 뜻을 찾아 주고 "증발해 버린 기억의 창"을 열어 주는 순간, 우리는 속주머니에 쟁여 둔 '감정 통장' 속에 "빛깔과 소리들"을 담은 채 유리 심장이 지명하는 쪽으로 끝없이 걸어가야 할지도 모른다. 그 빛깔과 소리를 원초적으로 회복하고 탈환하는 순간의 예술이 김환중 시인에게는 말하자면 '시'인 셈이다. 이는 "그릇장 속 접시들의 침묵을 깨는"(「발레족」) 언어의 날카로움과 "다른 몸 입고 낯선 세계에 다다르려는"(「詩 2」) 서정적 아우라Aura가 '시'를 통해서만 가능하다고 그가 믿기 때문일 것이다. 그렇게 김환중은 "바람의 목소리에 귀를 걸어 놓은"(「디지털 유목민」) 시인으로서 디지털 세상을 격隔하여 진정한 말의 세계를 구현하고자 한다.

가슴에 만져지는
만져지지 않는 말이
비가 맨발로 달려가듯 내달리다
소리 내어 돌아온다
오두막 짓고 다시 허문다

기억의 동굴 속에 꽃눈 오르면
눈동자에 씨앗을 심는다
마침내 눈꺼풀이 열리고
마구발방 자라난 말들이
낡아 빠진 안테나처럼 지글거린다

양떼구름 벋어 있는 구름발이
고샅고샅 파고들면
눈꺼풀이 감기고 낱말들이
또다시 파닥거리기 시작한다
괄호 안에 갇힌 말들이 쑹얼거리는
소릿발 잦아들면 이윽고 고요가 깃든다

내 뼈로 짜 맞춘 삐걱대는 문들
열고 닫고 닫고 열고
마음속 비밀의 문 여는 화가의 붓처럼
묵은 뼈에 새겨진 문신들이 마침내
판화로 찍힌다

—「詩 1」 전문

마지막으로 그가 직접 '詩'라는 제목을 단 작품을 읽어 보
자. 그에게 '시'란 가슴에는 만져지지만 손에는 만져지지 않
는 말이다. 비가 맨발로 내달리다 어떤 소리로 돌아오듯이,
"기억의 동굴 속" 꽃눈의 눈동자에 씨앗을 심는 것이 말하
자면 '시'인 셈이다. 수많은 낱말들이 파닥거리고 "괄호 안
에 갇힌 말들"이 쑹얼거리는 소릿발 후의 고요야말로 '시'의
함축적 긴장의 함의를 형상적으로 잘 보여 준다. 시인 자
신의 묵은 뼈로 짜 맞춘 삐걱대는 문을 열고 닫을 때마다
"마음속 비밀"이 찍혀 가는 '판화'처럼 '시인 김환중'의 언어
예술은 "젖은 진흙 위에 돌을새김되는 말"(「말」)에 의해 "중
력을 거스르지 않고 밧줄 타는 곡예사"(「곶자왈」)처럼 세상을

횡단하고 구축해 가는 '존재의 집'이 되어 갈 것이다. 그렇지 않겠는가.

결국 김환중은 자신의 실존을 '시'로 타개하고자 하는 시인이다. 그래서 외롭고 높고 쓸쓸한 상황은 그 자체로 그려지는 게 아니라 시인의 상상에 의해 새로운 모습으로 그려지면서 흔들림 없는 힘을 그에게 부여해 주는 것이다. 이때 시인은 '시 쓰기'를 본질적으로 사유하게 되고 선명한 시간의 삽화를 통해 자신의 경험과 감각을 들여다보고 성찰해 간다. 그 안에서 우리는 근원적 삶의 심층이 미학적으로 귀일하고 있음을 바라보면서 근원적 시간들이 깊이 흐르고 있음을 발견하게 된다. 이처럼 우리는 시인이 수행해 가는 경험적이고 상상적인 기록으로서의 '시'가 펼쳐져 가는 순간을 그가 써 가는 전혀 다른 문장으로 바라보고 있다. 그만큼 그는 시 쓰기의 자의식을 통한 새로운 언어의 사유로 훤칠하게 나아가고 있는 것이다.

지금까지 천천히 읽어 온 것처럼 김환중 시인의 첫 시집은 이 가파른 속도전의 시대에 우리가 아직도 단정하고 함축적인 서정시를 쓰고 읽는 까닭을 분명하게 알려 준다. 그 까닭은 어떤 진실에 동참하려는 우리의 공통감각에 연원을 두고 있다. 또한 그것은 시인 자신의 경험과 기억을 토로하고 세상에 내놓음으로써 삶에 새로운 충격과 탄력을 부여하려는 어떤 열망으로 생겨나는 것이기도 할 것이다. 이러한 각별한 시인의 의지와 열망은 일상의 순환성에 인지적이고 정서적인 충격을 새롭게 가함으로써 스스로를 반성적으로 사유하고 치유해 가는 창조적 에너지를 스스로에게 부여하는 데 그 의의가 있을 것이다. 이것이 바로 서정시를 쓰고 읽는 가장 보편적인 욕망이자 이유가 아닐까 한다.

이때 이러한 의지와 열망의 순간을 기록해 가는 원리를 우리가 '서정'이라는 말로 집약할 수 있다면 그것은 남다른 경험의 기억과 토로, 그리고 그것을 통한 반성적 사유의 연쇄에서 가능한 것일 터이다. 서정시는 그 점에서 삶이 합리적 이성에 의해서만 선조적으로 진화해 가는 것이 아니라 그렇게 구축된 관념을 때로 품고 때로 넘어서면서 새로운 상상적 질서를 재구축하는 과정임을 알게 해 준다. 김환중 시인은 이러한 서정시의 실존적 규정을 낱낱이 충족해 가면서, 허물어져 가는 서정의 진가眞價를 회복하려는 고전적 열망을 보여 준다. 있어야 할 것들의 부재, 한때 분명한 실체로서 존재했던 것들의 사라짐, 이러한 것들에 대한 미학적 반응이 바로 서정시의 몫이라는 점에서 김환중 시인은 균형 있는 사유와 감각을 견지하면서 생의 결여 형식에 대한 원형적 반응으로서의 삶과 시에 대한 고전적 시선과 서정적 항심恒心을 굳건하게 지켜 갈 것이다. 그래서 우리는 그의 지속성과 균질성과 일관성이 더욱 심화된 형상을 일구어 가면서 발전해 가기를 희망해 본다. 첫 시집의 깊이와 너비를 이만큼 구축한 그가 더 큰 시인으로 발전해 가기를 마음 깊이 희원해 보는 것이다.